Jenny

y la silla encantada

Irma Rivera

Cursack Books

Publicado en los Estados Unidos por **CURSACK BOOKS**.

Cursack Books
31 Hubbard Rd.
Dover, NH 03820
U.S.A.
info@cursackbooks.com
www.cursackbooks.com

Ilustración: Alberto Pez
Diseño cubierta e interior: Gaby Campo
Edición: Nora Hanine y Silvia Studnicki
Dirección y coordinación de proyecto: Laura Cursack y Nora Cursack

Primera edición, 2006
Número de control Biblioteca del Congreso: 2006928296
ISBN: 1-933439-02-5
Impreso en Canadá: 10 9 8 7 6 5 4 3 2 1

Dedico este libro a mis nietos y a mis hijos, quienes fueron mi gran fuente de inspiración.
Principalmente, a mi nieta Vivian, quien, con sus ocurrentes juegos en los cuales forjaba sus fantasías
con una amiguita invisible llamada Jenny, me dio la pauta para el título de mi libro.
También se lo dedico a mi hijo Jimmy, que me impulsó para que esta publicación se hiciera realidad.

Gracias a todos.

Los quiero mucho.

Capítulo primero

—Mamá, ¿por qué no puedo jugar con las otras niñas? ¿Por qué mis piernas no se mueven? ¿Sabes, Mamá?, ¡me gustaría ser como las demás niñas!

Éste siempre era el tema de conversación que Jenny sostenía con su mamá mientras paseaba por un parquecito que estaba cerca de la casa. Su mamá sólo la miraba y le decía:

—Jenny, es que esas niñas no tienen sus piernitas enfermas. Pero no te preocupes, porque yo sé que Dios va a escuchar mis oraciones, y un día, tus piernitas sanarán, y entonces podrás jugar como lo deseas.

Jenny no podía entender por qué ella no era como las demás niñas.

Desde muy pequeñita, empezó a padecer una enfermedad en sus piernitas que le impedía caminar. Quizás, si ella hubiese tenido un tratamiento a tiempo, su enfermedad no hubiera progresado.

Pero como siempre, la extrema pobreza, en muchas ocasiones, es la causa de que las enfermedades se apoderen para siempre de nuestra salud.

Y por desgracia, éste era el caso de nuestra amiguita. Pero no importa la raza, el color, ni el credo, todos los niños, en algún momento de sus vidas, viven alguna fantasía, y ella no era la excepción.

Jenny era una niña de siete años ¡muy inteligente! A pesar de su discapacidad, era la más sobresaliente de su clase. Luisa, su madre, lavaba ropa ajena, y su papá era un labrador que trabajaba de sol a sol para ganar unos pesos. Ellos soñaban con poder reunir suficiente dinero para someter a su hija a algún tratamiento que la curara. Pero el tiempo pasaba, y la situación no mejoraba.

Cada día iba peor, pues el trabajo de su papá empezaba a escasear. Su mamá siempre la llevaba a la escuela en una carretita que le había regalado una de las señoras a las que ella les lavaba la ropa. No era precisamente el transporte que ella necesitaba, pero la sacaba de apuros porque Jenny estaba creciendo, y ella no tenía mucha fuerza para cargarla. Es que con el poco dinero que ellos ganaban no les alcanzaba para comprarle una silla de ruedas.

Un día, una amiga le comentó a Luisa que, en el pueblo vecino, habían abierto una tienda de antigüedades. Ella tenía muchas ganas de ir, con la esperanza de conseguir un carrito que fuera mucho mejor que el que ahora usaba para trasladar a Jenny.

El lunes siguiente, después de dejar a la niña en el colegio, aprovechó para ir al pueblo vecino, para ver si, en esa tienda de antigüedades, encontraba algo que le sirviera. Tímidamente entró en el establecimiento. Sentía la mirada del comerciante que la seguía por todas partes. Él se acercó y, con acento muy huraño, le dijo:

—¿Qué desea, madame? ¿En qué la puedo ayudar? ¿Acaso está interesada en alguna antigüedad?

—Sí, señor, estoy interesada en una silla de ruedas que tiene al final del pasillo.

Creo que es la única que tiene —dijo Luisa un poco intimidada por la mirada burlona del vendedor.

—Ésta, señora mía, no está al alcance de su bolsillo —dijo él acercándose a la silla—; no creo que usted pueda pagar el precio de esta antigüedad.

—¡Precisamente!, porque es una silla vieja, pienso que no valdrá muy cara —dijo Luisa.

—Señora mía, una cosa "antigua" difiere mucho de una cosa "vieja".
Ahora, por favor, márchese, que me está quitando mi valioso tiempo.

—Señor, yo sé que no tengo el dinero para comprar esa silla. Pero dígame el precio; quizás yo logre reunir el dinero en una semana.

—Bueno, entonces, dentro de una semana traiga quinientos dólares, y la silla será suya…

Casi la saca a empujones; Luisa se sentía humillada, aunque no dejó de reconocer que en algo el hombre tenía razón. Ella no tenía todo ese dinero para pagar por la silla, y con una tristeza muy grande, se fue rumbo a su casa para sacar a tiempo un gran bulto de ropa que tenía que entregar ese día.

Mientras lavaba, gruesas lágrimas de dolor rodaban por sus mejillas. Después de lavar, planchó mucha ropa y se la echó al hombro cuando fue a buscar a Jenny, así, de paso, entregaba y cobraba el dinero que le debían algunas personas del barrio. Mientras caminaba rumbo a la escuela, pensaba en lo mucho que le gustaría que su niña tuviera una silla, para que su vida se le hiciera más fácil, pues así, Jenny podría valerse más por ella misma…

Cuando la niña vio a su mamá, la recibió con una gran sonrisa, pues en los exámenes, ella había sacado muy buenas calificaciones.

—¡Qué bueno, Jenny! Me alegro mucho de que tú estés logrando lo que yo no pude. Ya ves que Dios no abandona a sus hijos. Cuando yo era niña, tenía mis piernitas sanas. Sin embargo, no pude estudiar, y ahora, tengo que ganarme la vida lavando ropa ajena, porque no sé leer ni escribir. En cambio tú, mi niña, eres muy inteligente y, si sigues así, vas a ser alguien muy importante en la vida.

La niña reía, pues no había nada que la hiciera más feliz, que ver a su mamá orgullosa de ella.

Pero cuando llegaron a su casa, vieron a Manolo, el padre de Jenny, muy pensativo.

—¿Qué te pasa? —preguntó Luisa.

—Me suspendieron del trabajo, y ahora no sé qué hacer —dijo—. Creo que me tendré que ir a la cuidad para probar mi suerte. Quizás allá pueda conseguir otro trabajo.

—Pero, ¿qué vas hacer allá, si tú sólo sabes labrar la tierra? —dijo Luisa.

—¿Pero qué otra cosa puedo hacer, mujer? Me iré y, aunque sea barriendo las calles, ganaré dinero para sobrevivir y seguiré reuniendo para curar a nuestra hijita.

—Bueno, será lo que tú decidas; yo también deseo que Jenny se cure.
Jenny escuchó la conversación, y sus lindos ojos se llenaron de lágrimas. Pero disimuló para que sus padres no se sintieran más tristes de lo que ya estaban.

A la mañana siguiente, Luisa la llevó al colegio como de costumbre. Ella se sentía muy triste, no tenía deseos ni de caminar, pero tenía que hacer un esfuerzo, pues ya estaban terminando las clases y no quería que Jenny perdiera ni un solo día.

Las dos iban muy calladas y pensativas… De repente Jenny le dijo a su mamá:

—¡Yo no quiero que se vaya mi papá!

—Yo tampoco quiero, hija, pero será por un corto tiempo. Ya verás que Dios nos ayudará, y tu papá volverá muy pronto.

Así llegaron a la escuelita. Jenny se quedó muy triste y pensativa. Luisa volvió a la casa. Allí estaba Manolo preparando su equipaje para partir en la madrugada… Los dos se abrazaron uniendo sus lágrimas. Era la primera vez que se separaban.

—Cuida mucho a Jenny —le dijo Manolo a Luisa—. Sabes que no podemos darnos por vencidos.

Luisa sólo asintió con la cabeza, pues no le salían las palabras; tenía un nudo en la garganta… y optó por irse a lavar los enormes bultos de ropa que tenía para ese día.

En la tarde, repartió la ropa a sus clientes. Mientras, Manolo fue por la niña a la escuela. Quería aprovechar para hablar con ella. Jenny se puso muy feliz cuando lo vio.

—¡Papito! ¡Qué bueno que viniste a buscarme!

Ya de camino a casa, Manolo echaba de carreras con la carretita, mientras Jenny reía llena de emoción. Cuando llegaron a la casa, Luisa ya estaba preparando la cena.

—Papá, llévame un rato al patio de atrás para jugar con Orejón.

—Está bien, pero no será mucho rato, porque ya vamos a cenar. Además, tienes que hacer tu tarea.

—Hoy no tengo mucha tarea, sólo repaso para el examen de mañana.

Manolo reía; estaba muy orgulloso de su hija.

La dejó en el jardín, mientras Jenny llamaba al pequeño perrito que siempre llegaba a jugar con ella. Desde la ventana de la cocina, sus papás la cuidaban.
De repente, Manolo le dijo a Luisa:

—Tengo mucho miedo de su reacción, cuando sepa que esta noche me iré.

Los dos quedaron callados, observándola. Su mundo giraba alrededor de Jenny. Finalmente, terminaron de cenar. Manolo alzó a Jenny en sus brazos, la llevó a su habitación, la sentó en su cama y le dijo:

—Sabes, Jenny, como ya no tengo trabajo aquí, tengo que tratar de conseguirlo en otra parte; es por eso que, esta noche, partiré a la ciudad, pues sé que allá tendré mejor suerte; conseguiré un trabajo en el cual ganaré mucho dinero para llevarte a un buen doctor, para que te cure.

Él hablaba sin parar, pues tenía miedo de que sus sentimientos lo traicionaran, y no le saliera ni una palabra. Jenny lo escuchaba mientras mordía una esquina de su sábana. Y le dijo:

—Papito, yo no quiero que te vayas. Mira, no importa que yo me quede con mis piernitas así..., pero quédate; Mamá y yo nos vamos a quedar muy solitas...

—No, Jenny, no se quedaran solitas; en mi pensamiento siempre las acompañaré. Mi mayor ilusión es que tú puedas volver a caminar algún día. Es por eso que me voy, para juntar el dinero y llevarte a un especialista para que te cure. Ya, cálmate; no será por mucho tiempo; ya verás que Dios nos va ayudar.

Ahora, duérmete; y espero que mañana saque las mejores calificaciones, ¡¿me oyó jovencita?! —mientras, le hacía cosquillas, y la niña reía.

Así entrada la madrugada, Manolo partió hacia la ciudad con un bagaje de esperanza dentro de su corazón.

Capítulo segundo

A la mañana siguiente, de camino al colegio, Jenny le dijo a Luisa:

—Mamita, por favor, quiero que hoy, al salir del colegio, me lleves a la tienda. Ésa donde está la silla que te gustó para mí.

—¿Para qué, mi niña? Si esa silla está tan cara que no creo que pueda reunir el dinero para comprártela.

—No importa, Mamita, yo sólo quiero verla y tocarla; tal vez nunca pueda tener una igual…

—Está bien, Jenny, esta tarde, al salir del colegio, iremos allá.

Cuando salió del colegio, ya la niña estaba desesperada esperando a su mamá para que la llevara a ver la silla. Llegaron a la tienda e inmediatamente se dirigieron hacia donde estaba la silla.

El señor Joaquín estaba atendiendo a otros clientes con mucha amabilidad, pues a simple vista se notaba que aquellas personas sí tenían dinero para comprar lo que quisieran. Y el comerciante se desvivía por atenderlos.

Luisa acercó a Jenny hacia donde estaba la silla. Cuando Jenny la vio, se le iluminó la carita, pues pensó en todas las cosas que podría hacer teniendo esa silla. Extendió la mano para acariciarla y le dijo en voz baja:

—Si mi mamá tuviera el dinero para comprarte, tú serías mi amiga inseparable; podríamos jugar juntas, ir al colegio; ya mi madre no tendría que preocuparse tanto por mí. —Jenny bajó la cabeza y dijo—¿Pero, qué puedo hacer?

En eso llegó el señor Joaquín y le dijo a Luisa:

—¿Usted otra vez, madame? No me diga que ya tiene el dinero para comprar la silla...

—No, señor, pero mi hija quería verla de cerca. Y aunque yo sé que no se la puedo comprar, quise complacerla.

—¡Ah, bueno, pues, ya la vio, así que se pueden marchar! Pues ya tengo unos clientes para ella.

Y en el preciso instante en que se acercaban los clientes, el muy descortés trataba de apartar a Jenny y a su mamá. De pronto, sintió que algo se atoraba en sus pies, haciéndolo caer aparatosamente sobre la silla, lo que provocó que sus hierros se doblaran como si fueran de plástico flexible.

Cuando los clientes vieron aquello, dieron la vuelta y se marcharon del establecimiento, mientras don Joaquín quedaba dando gritos de dolor.

La mamá de Jenny, sin pensarlo dos veces, lo ayudó a levantarse, lo condujo hasta una cama y le subió la pierna del pantalón; luego, buscó un botiquín de primeros auxilios. Le curó y desinfectó la herida y le dijo:

—Bueno, señor, creo que ahora debe ir a ver a un médico para asegurarse de que todo está bien. Nosotras nos vamos.

El hombre la miraba asombrado, pues él no acostumbraba a hacerle el bien a nadie y menos sin pedir nada a cambio. Y esa mujer, después de todo lo déspota que él había sido con ella, lo había ayudado en vez de irse y dejarlo allí tirado con su herida sangrando. Ya estaban por salir, cuando de pronto, las llamó y les dijo:

—Estoy muy agradecido por lo que usted ha hecho por mí. Así que les regalo esa silla para que su hija esté contenta. Aunque no sé si le servirá de mucho, pues tiene las patas torcidas.

—¡Gracias!, dijo Jenny. ¡Mi papá la arreglará! ¡Jupy! ¡Ahora tendré una amiga que me acompañará a todas partes! ¡Estoy muy feliz!

Las dos salieron a la calle arrastrando la silla, y decidieron dejarla resguardada en la parte de atrás de la tienda, para pedir a alguien que las ayudara a llevarla a la casa, porque era muy pesada para ellas. Pero cuando ya se habían retirado unos pasos, de repente, oyeron una vocecita que decía:

—¡*Pssss, pssss*! ¡Jenny! ¡Jenny!

Ellas miraron y quedaron sorprendidas al ver ante sus ojos una silla completamente renovada ¡Parecía nueva! Ni siquiera se asemejaba a la silla antigua que habían sacado de la tienda. Las dos preguntaron a coro:

—¿Tú hablaste?

—¡Sí, *yo* fui!

—¡Escucha, Mamá! ¡La silla habla! —dijo Jenny a su mamá que permanecía inmóvil mirando la silla.

—No se asusten porque hablo. En realidad yo no soy una silla, soy el Hada buena del bosque, pero una malvada bruja, envidiosa de mis poderes, me encantó tres veces. Y tú, mi querida Jenny, has deshecho uno de mis tres hechizos.

—¿Y cuál era?

—Al decir que eres mi amiga, alejaste el primer hechizo.

—¿Y cuáles son los otros?, preguntó la niña.

—Los otros no te los puedo decir, porque son sentimientos que tienen que nacer; no se los pueden forzar, pues si lo haces, no surten efecto, y corro el riesgo de quedarme convertida en una silla para toda la eternidad.

—Entonces, si yo no descubro los otros hechizos ¿siempre serás una silla?

—Tendré que correr el riesgo, Jenny, pero ahora tengo una esperanza. Y la esperanza es lo último que se pierde, mi querida niña.
—¿Eso quiere decir que yo siempre tengo que guardar la esperanza de volver a caminar? —dijo Jenny con una sonrisa en sus labios.

—¡Sí, Jenny, así es!, —dijo muy conmovida la silla encantada.

Luisa escuchaba el diálogo entre la niña y la silla y no salía de su asombro. Entonces le dijo:

—¡Ya ves, Jenny, que con fe, todo lo puedes lograr!
Entonces la silla se acercó y le dijo:

—¡Vamos, Jenny! ¡Siéntate, que de hoy en adelante, tú y yo seremos inseparables! Sólo un favor les quiero pedir, y es que no revelen este secreto a nadie.

—Te lo prometemos. Nadie más sabrá nuestro secreto.

Y las dos alzaron su mano en señal de promesa.
Jenny, con la ayuda de Luisa, se sentó en la silla, y las tres llegaron a la casa, felices.
Pero al entrar, sintieron la nostalgia de no tener a Manolo entre ellas. Se quedaron
muy calladas; entonces la silla preguntó:

—¿Qué les pasa? ¿Están muy tristes?

—Lo que pasa es que mi papá se fue esta mañana muy temprano para la ciudad
porque se quedó sin trabajo. Él quiere ganar mucho dinero para conseguir un buen
doctor que me cure.

—Bueno, yo sé que es muy triste que una familia tenga que separarse, pero ten fe que
no será por mucho tiempo —dijo la silla con una voz muy dulce. Las dos sonrieron
y se abrazaron a ella.

—Bueno, ahora que vamos a estar juntas mucho tiempo, dime tu nombre —dijo
Jenny.

—Mi nombre es Brisa, y conmigo podrás volar e ir a todos los lugares que tú quieras...

—¿Quieres decir que tú vuelas? ¿Y dónde están tus alas?

—Mis alas están escondidas, precisamente, en mi espaldar.

—Sabes, Brisa, soy muy feliz, pero si mi papá estuviera aquí, mi felicidad sería
completa.

—No te angusties, Jenny, yo te aseguro que tu papá volverá muy pronto.

Y Luisa dijo:

—Bueno, jovencita, ya es hora de ir a la cama.

—Pero, ¡Mamá! Si mañana es sábado y no tengo clases.

—Anda, te llevaré a la cama, y allí seguirán platicando todo lo que quieran.

Y así fue; platicaron, pero no por mucho tiempo porque Jenny se quedó profundamente dormida…

Capítulo tercero

Ya en la mañana, la niña llegó al comedor sentada en su silla. Era la primera vez que Luisa no la tenía que ayudar. Después del desayuno, Jenny le dijo a Brisa:

—¡Vamos al patio! Quiero que conozcas a Orejón.

—Y ¿quién es Orejón? —preguntó Brisa.

—Ah, ya verás ¡Anda, vamos!

Ya cuando estaban en el patio, Jenny llamó a Orejón. Y por el agujero, entró corriendo, alegremente, un pequeño y adorable perrito con unas orejas tan largas que revoloteaban al viento. De un salto se trepó a la silla y le lamió la cara.

Jenny reía al tiempo que le decía:
—¡Yaaa...ya..., Orejón! ¡Que me dejas sin respiración!

Se podía notar que entre Orejón y Jenny existía un gran cariño. Esta vez, Jenny disfrutó mejor el tiempo que jugó con el perrito, gracias a su silla de ruedas.

Ya en la tarde, acompañaron a Luisa a entregar la ropa que había lavado, y de paso fueron al parquecito preferido de Jenny. Allí la niña se sintió feliz porque, por primera vez, pudo participar en los juegos con las otras niñas y niños del barrio. Mientras, su mamá la miraba complacida y le daba gracias a Dios por la felicidad que veía reflejada en la carita de su niña.

Ya cuando el sol se escondió, llegaron a la casa, agotadas. Luisa le sirvió la cena y después de un buen baño, Jenny se retiró a su cuarto ayudada por su mamá y su inseparable Brisa. Entonces Brisa le preguntó a la niña:

—Dime, Jenny: ¿De quién es ese perrito, Orejón?

—No sé —contestó Jenny—. Un día yo estaba en el patio y me sentía triste, muy triste, porque no tenía con quién jugar, cuando de pronto oí un ruido y vi unas ramas que se movían detrás de una roca grande, muy grande, que está en la esquina del jardín. Y pregunté: "¿Quién anda ahí?" Y de pronto, vi unos ojitos temerosos que se asomaban entre las plantas; después, una patita, e inmediatamente reconocí que se trataba de un perrito. Lo llamé y se acercó a mí corriendo con sus orejas extendidas al aire. Parecía que iba a volar —decía Jenny entre carcajadas— y desde ese día le llamé Orejón. Brisa, cuéntame, ¿dónde vivías tú antes de estar convertida en una silla?

Ella la miró y le dijo:

—No te lo diré. ¡Haré algo mejor! ¡Te llevaré! ¿Quieres ir?

—¡Claro que quiero ir! —dijo Jenny con sus ojitos adormilados.
—Bueno, pues, siéntate en mí que yo te llevaré a mi mundo.

Así, sigilosamente, se acercaron a la ventana, y como estaba muy oscuro, pudieron salir sin ser vistas. Brisa desplegó sus alas, y Jenny abrió sus ojos, asombrada porque nunca había visto unas alas tan hermosas... Tenían unos preciosos colores matizados entre sí. Eran de un dorado intenso que brillaba con radiante fulgor.

—¡Qué hermosas alas tienes! —dijo Jenny frotándose los ojos...

—¡Gracias, Jenny! ¡Desde hoy también serán tus alas! Y ahora agárrate fuerte que te llevaré a mi mundo.

Así, viajaron por largo rato. Jenny estaba muy emocionada, pues ella era una niña soñadora, pero sus sueños nunca se habían remontado a lo que estaba viviendo en ese momento.

—Dime, Brisa, ¿falta mucho?

—No, ya estamos llegando, pero cuando yo te diga, tienes que cerrar los ojos mientras voy descendiendo...

—Está bien —dijo Jenny.

Así llegaron a un punto en el cual Jenny sentía que, al mirar, todo se le tornaba borroso y, al mismo tiempo, veía miles de lucecitas a lo lejos. Fue entonces que Brisa le pidió que cerrara los ojos. Siguieron descendiendo hasta que Brisa le dijo:

—Bueno, Jenny, ya puedes mirar.
Cuando abrió los ojos, sintió algo que no pudo descifrar: era la sensación de estar en un mundo de colores lleno de lucecitas que destellaban con radiantes fulgores. Era como si hubiera millares de estrellitas a su alrededor. Entonces, Brisa le dijo a Jenny:

—Te presento a mis hermanas, las hadas del bosque.

La niña miraba a su alrededor y solo veía caritas sonrientes por todas partes, unas criaturas con unas alas esplendorosas, iguales a las de Brisa.

—Si ellas son tus hermanas, eso quiere decir… ¡que tú eras igual a ellas antes de ser una silla!

Brisa se rió al ver la cara de sorpresa de Jenny.

—Sí, mi niña, yo era como ellas —dijo la silla encantada con un dejo de tristeza en su voz.

Las haditas eran muy diminutas para el tamaño de sus alas. Tenían los ojos tan azules que sobresalían sobre todos los colores que llevaban en sus alas. Estaban paradas a prudente distancia; sus pies no tocaban el suelo. Todas pronunciaron el nombre de Brisa a coro.

—Pensábamos que nunca te volveríamos a ver —dijo la que parecía ser la reina del grupo, pues era más grande que las demás.

—Yo también creí eso —dijo Brisa—. Pero gracias a esta niña, se rompió uno de los hechizos que me hizo la malvada Isidora.

—¡Calla! No la menciones —dijeron todas con el miedo reflejado en su rostro.

—Brisa, ¿y por qué has traído a esta niña contigo? —preguntó la reina.

—Como ya les mencioné, gracias a ella, se rompió uno de mis hechizos —dijo el hada—. Su nombre es Jenny, y hace unos días, ella fue a la tienda de antigüedades del señor Joaquín… —y así, Brisa les contó cómo había conocido a Jenny y también el plan que tenía para hacer que regresara el padre de la niña.

—¡Por favor, ayúdenme! Yo quiero que mi papito regrese pronto —dijo Jenny.

—Está bien, te ayudaremos —dijeron todas a una sola voz.

—No te pongas triste, ya verás que tu papá regresará muy pronto —dijo la mayor.

Nuevamente, Brisa emprendió el vuelo llevando a Jenny con ella. La niña estaba tan cansada que nada más puso la cabeza sobre la almohada y quedó profundamente dormida. Brisa se fue a una esquina y, desde allí, vigiló el sueño de su querida amiguita.

A la mañana siguiente, cuando Jenny despertó, encontró a su mamá muy feliz tarareando una canción mientras preparaba el desayuno.

—¡Buenos días, Mamita! —dijo la niña—. Te veo muy feliz.

—¡Sí, hija!, es que hoy me doy cuenta de que otro milagro se ha realizado, porque esta mañana, muy temprano, llegó el jefe de tu papá para decirme que quiere que vuelva a trabajar. Y esta vez, en un mejor puesto. Dijo que no dan abasto con todas las frutas que tienen que recoger. Ahora tu papá será el encargado de un grupo de empleados, y dice el señor Gutiérrez que va a necesitar más personal. ¡Estoy feliz, y hoy mismo iré a la tiendita de la esquina para hablarle por teléfono!

Jenny le iba a decir a su mamá que Brisa había ayudado a arreglar el problema de su papá, pero ella no se lo permitió. Cuando ya iban camino a la escuela, Jenny le dijo a Luisa:

—¿Sabes, Mamita?, ya no tienes que venir por mí, porque yo sé muy bien el camino; además, Brisa me ayudará.

—¿Tú estás segura que eso quieres?

—¡Sí, Mamita! ¿Verdad, Brisa, que Mamá no tiene que preocuparse?

—Sí, Luisa. Jenny tiene razón. Yo la cuidaré.

—Bueno, entonces, las espero temprano en la casa.

—Sí, Mamá. Adiós, Mamita, ¡te quiero mucho!

Capítulo cuarto

Cuando llegaron al colegio, todos los niños rodearon a Jenny, pues para ellos, era una novedad ver a la niña con aquella silla tan bonita. Ese día fue diferente para ella; pudo participar en la mayor parte de los juegos que inventaban los niños.
Pensó que tener una silla de ruedas era muy beneficioso para personas que, como ella, tenían alguna discapacidad.

Por fin llegó la hora de la salida. Al día siguiente terminarían las clases y comenzarían las vacaciones.

—Ahora podré dedicarle más tiempo a jugar con Orejón —le decía Jenny a Brisa mientras iban rumbo a la casa.

De repente Jenny vio a Orejón cruzar frente a su silla.

—¡Orejón! ¡Orejón! —gritó ella, y velozmente lo siguieron.

—Mira, Brisa, por aquel agujero, se metió —dijo desesperada.
Lo buscaron, pero el perrito desapareció como por arte de magia. Así llegaron a la casa y, rápidamente, fueron al patio de atrás a buscarlo, pero por más que lo llamaron, el perrito no apareció. Jenny estaba muy preocupada porque le parecía muy extraño que

Orejón pasara por su lado y no le hiciera caso cuando ella lo llamaba.

En ese momento, llegó Luisa y le dijo a Jenny:

—¡Oh, mi niña linda! ¡Qué bueno que estás aquí! Fíjate que acabo de hablar con tu papá, y dice que regresará dentro de unos cuantos días. Se puso feliz cuando le dije que ya tiene su trabajo otra vez.

Entonces, ella reparó en la cara triste de la niña.

—¿Qué te pasa, Jenny?

—Mamita, es que no encuentro a Orejón.

—Vamos, mi niña, no te preocupes. Quizás, el perrito esté con sus dueños; tal vez lo amarraron para que no salga a la calle. No te preocupes, que pronto aparecerá. Ahora tienes que dormir, porque mañana es tu fiesta de graduación.
¡Ven. Te ayudare a acostarte!

Brisa quedó en una esquina; estaba muy pensativa porque había notado algo que Jenny había pasado por alto, y era que este perrito que ellas vieron cojeaba de su pata trasera izquierda. Esperó a que la niña se durmiera y entonces salió sigilosamente por la ventana y fue al patio. Se acercó al agujero por donde entraba el cachorro, pero no vio nada anormal... Cuando de repente, a su espalda, oyó una voz muy conocida, que le dijo:
—¿Acaso estás buscando al perrito de esa chiquilla entremetida?

Era una voz chillona y penetrante.

Cuando Brisa volteó hacia el punto de donde provenía la voz, vio, con desagrado, una figura vestida de negro que la miraba con destellos de odio. Cuando caminaba, cojeaba de su pierna izquierda.

—¿Qué quieres? —preguntó Brisa.

—¡Ja,ja, ji,ji! —la bruja reía a carcajadas, y le dijo:

—¿Te crees muy lista, verdad? Tan sólo porque esa chiquilla tonta te quitó uno de los hechizos con esa amistad estúpida que ha surgido entre ustedes. Ya verás que de ahí no pasa, porque ella sólo te quiere para su propio beneficio.

Brisa la escuchaba en silencio y muy sosegadamente le dijo:

—¡Eso no es cierto! Porque yo sé que Jenny siente una amistad sincera.

Ahora dime, Isidora, ¿dónde tienes el perrito?, porque yo sé que te puedes transformar, pero esa pierna coja no cambia.

—Por tu culpa, es que estoy así —le dijo la bruja rechinando de rabia.

Y por eso es que siempre serás una simple silla de ruedas y toda tu vida la dedicarás a cargar personas como yo, con impedimentos físicos.

—¡Te equivocas si crees que ser una silla de ruedas es para mí un castigo! ¡Muy al contrario! Es un honor para mí, ayudar a personas como mi amiguita. Que sepan que pueden contar conmigo, aunque nunca recupere mi imagen. Estaré feliz si, con mi servicio, puedo contribuir a hacer felices a personitas como Jenny. Además, tú sabes muy bien que yo no tuve la culpa de lo que te pasó aquella noche...

....Y a los recuerdos de Brisa, llegó el de aquella vez en que ella se encontraba en el bosque con todas las hadas, celebrando la noche de luna llena. Brisa revoloteaba jugando entre el pasto verde, cuando, de repente, escuchó un llanto que provenía del otro lado del bosque. Inmediatamente voló y llegó hacia donde se oía el llanto. Allí vio a Isidora, que se encontraba atorada entre unas ramas.

—¡Ayúdame, Brisa! —le dijo— ¡Te prometo que ya no molestaré más a las Hadas buenas del bosque!

—¡Bueno, si lo prometes, te ayudaré! Y que conste que me lo prometiste —Brisa bromeaba, pues de todas formas ella le ayudaría, aunque Isidora siguiera molestándolas.

Rápidamente voló hacia el árbol donde estaba Isidora y con su varita, hizo que se desenredara la rama que atoraba a la brujita, con tan mala suerte, que Isidora perdió el equilibrio, fue a caer estrepitosamente al suelo y se fracturó la pierna izquierda.

Y a pesar de todos los hechizos que hizo, nunca se recuperó de su pierna y quedó coja. Por eso, siempre le echó la culpa a Brisa por su desgracia. Así fue como le nació el odio que sentía por el hada.

Un día llevó a Brisa, con engaños, al lugar más apartado del bosque. Era un lugar muy sucio, donde la gente tiraba todo lo que no necesitaba. Cuando Brisa llegó, Isidora se aseguró de que estuviera sola… pero no se percató de que las hadas habían seguido a Brisa, pues tenían desconfianza por ese llamado tan urgente que le había hecho la bruja.
Isidora le dijo:

—¡Anda, ven, acércate!, que te quiero mostrar algo.
Sin sospechar nada, Brisa se acercó; de repente, la bruja levantó su vara y, apuntando hacia Brisa, la convirtió en una silla de ruedas.

—¡Ja,ja,ji,ji,ja,ji! —reía la malvada bruja—. Así te quedarás siempre.

—¿Por qué me haces esto? ¿Qué mal te hice yo? —preguntaba Brisa.

—¿Qué mal me hiciste? ¿Que no ves que, por tu culpa, me quedé coja para siempre?

—Yo solamente traté de ayudarte, siempre he tratado de brindarte mi amistad —dijo Brisa entre sollozos.

—¡Amistad! ¡Agradecimiento! ¡Amor! Bah… Ustedes, las hadas, se empeñan en pregonar esos sentimientos, y para mí eso no "existe"; son simples palabras. ¡Palabras nada más… así que, convertida en una silla de ruedas te quedarás por siempre y toda tu vida la pasarás al lado de personas que como yo, tienen un impedimento! Para que nunca te olvides de lo que me has hecho. ¡Ja,ja ,ji!

—Yo no te hice nada, lo que te pasó fue un accidente… por favor, ¡devuélveme mi apariencia! —decía Brisa ya sin fuerzas.

—Recobrarás tu apariencia si algún día, convertida en lo que ahora eres, encuentras la amistad, el agradecimiento, y el amor, ja,ja,ji,ji, que lo veo imposible porque esos sentimientos ¡no existen! Así que te hechizo tres veces, y a medida que alguien tenga esos sentimientos por ti, tus hechizos se romperán uno por uno.
Y dicho esto, dejó la silla abandonada en aquel basurero.

Las hadas, que estaban escondidas, levantaron la silla y la llevaron por los aires buscando a alguna persona que necesitara una silla de ruedas. De repente, vieron a un niño que estaba sentado en el jardín de una casa y tenía unas muletas a su lado. Sigilosamente, bajaron y colocaron la silla muy cerca del niño. Se quedaron observando a ver qué pasaba. De pronto llegó un hombre, agarró la silla y la arrastró hacia la calle. Llamó al chofer de un camión muy grande y se la entregó.

Así fue como Brisa fue a dar al fondo del pasillo de una tienda de antigüedades.

Ya llevaba largo tiempo de una tienda a otra, hasta que don Joaquín decidió abrir aquella tienda.

Pero nadie la quería comprar; todos querían una silla más moderna. Hasta que llegó Jenny, esa niña tan dulce que se había convertido en su mejor amiga.

—¿En qué piensas? —le preguntó Isidora.

—Sólo pensaba en tu pobre corazón que no conoce esos sentimientos tan hermosos que son la amistad, el agradecimiento y el amor.

—¡Bah! ¡Tonterías! —dijo Isidora con gesto de desagrado.

—Ahora, por favor, Isidora, dime dónde está Orejón —dijo Brisa—. ¡Yo sé que tú lo tienes! ¿Acaso quieres que esa niña sufra al no tener a su pequeño perrito para jugar?
—A mí no me interesa la niña; quiero que sufras tú…

Así, se alejó en su vieja y destartalada escoba.

Capítulo quinto

Brisa volvió a la habitación de la niña y pasó toda la noche pensando. Quería ayudar a la niña a recuperar su perrito, pero no sabía cómo.

Por la mañana, Jenny despertó sobresaltada y le dijo:

—Brisa, anoche tuve un sueño donde vi a Orejón en peligro, pero no lo pude ayudar.

—No te preocupes, Jenny, es sólo un sueño. Ahora, ¡vamos, levántate!, que tienes que ir a la escuela temprano.

En eso entró Luisa y la ayudó a vestirse, pero cuando vio su carita tan triste le dijo:

—¿Qué te pasa? ¿Es que no estás feliz? ¡Hoy es tu graduación!

—Sí, Mamá, estoy feliz, pero también estoy preocupada por Orejón.

—No te aflijas, Jenny, él volverá pronto.
—¡Ahora vamos, que se hace tarde!

—Mamá, cuando regrese del colegio ¿me darás permiso para buscar a Orejón?

—¡Claro que sí, hija!; ahora me siento más tranquila porque Brisa te cuida.

Así llegaron a la escuela. Ya faltaba poco para que comenzara la ceremonia de graduación. Jenny fue ampliamente felicitada por todos sus maestros por ser una alumna tan aplicada en todas las clases. Fue sobresaliente en su grupo.
Su madre estaba muy orgullosa de su pequeña, así que todo concluyó entre la algarabía de los niños, que estaban radiantes celebrando el último día de clases.
Jenny, su mamá y Brisa se fueron a su casa muy felices.

—Bueno, Mamita, ahora quiero salir a buscar a Orejón.

—Está bien hija, pero vayan con cuidado y no se alejen mucho.

Cuando salieron a la calle, Brisa le contó a Jenny todo lo que había pasado con Isidora la noche anterior, y le dijo que ella tenía al perrito.

En la noche, después de que todos se durmieron, Brisa se dispuso a salir, pero Jenny, en ese momento, despertó y le preguntó para dónde iba.

—Mi querida niña, quiero ir a rescatar a tu perrito. Ahora, duérmete.

—No —dijo Jenny—. Yo quiero ir contigo. Anda, llévame. Te prometo que haré lo que tú me digas. ¡Por favor!
La niña le puso tal carita que Brisa no se pudo negar.

Salieron por la ventana, dirigiéndose hacia el bosque en busca de la bruja Isidora. Volaban sobre los árboles, hasta que oyeron la risa de la bruja que provenía de un claro del bosque. Bajaron silenciosamente, y allí estaba Orejón, atado a un árbol; a su lado, estaba Isidora.

—¿Qué vienen a buscar aquí? —les preguntó cuando las vio bajar.

—Por favor, señora bruja, devuélvame mi perrito —le dijo la niña con lágrimas en los ojos.

—¿Qué dices, mocosa? Ni siquiera es tu perro.

—Yo sé que no es mi perro, pero lo quiero como si lo fuera.

—No digas boberías, niña. ¿Cómo vas a querer tú algo o a alguien, así?

—Porque sí, señora, el amor es gratis, no cuesta —dijo Jenny mientras se acercaba al perrito que, a su vez, le lamía la mano moviendo la colita loco de felicidad.

—Bueno, te voy a hacer un trato si tanto quieres al perro. Te lo devolveré a cambio de algo; y yo sé que no te costará ningún trabajo elegir.

—Sí, por favor, dígame ¿qué debo hacer? —dijo la niña con un reflejo de esperanza en su carita.

—Bueno, es muy sencillo; te devuelvo el perro a cambio de la silla. ¿Qué te parece?

La niña se quedó asombrada, pues jamás pensó que la bruja le pediría la silla a cambio de la libertad de Orejón.

— ¡Usted no me puede pedir eso! ¿Es que acaso no se ha dado cuenta de que yo no puedo caminar? Y Brisa es la que me ayuda. Si no fuera por ella mi vida no hubiera cambiado tanto; ahora yo soy feliz gracias a ella. ¡Yo siempre le estaré agradecida!

La bruja dio un salto y cayó del otro lado del árbol. Brisa se estremeció, y muchas luces danzaron a su alrededor mientras ella giraba en todas direcciones.

—¿Qué te pasa, Brisa? —preguntaba Jenny.

De repente se encontró en el suelo y, junto a ella, un hada más bella que todas las que había conocido allá, en el bosque de las hadas buenas. Era una belleza que no podía describir con palabras. Brisa estaba volando a su alrededor y le daba las gracias por haber pronunciado la palabra que rompía el segundo hechizo: "Agradecimiento"

—¡Ja,ja,ja,ji! —reía la bruja con una risa que crispaba los nervios, al tiempo que decía—: ¡Pero el tercer hechizo nadie lo romperá!

Jenny y Brisa no la escuchaban, porque estaban muy felices.

De repente la niña le preguntó a Brisa:

—¿Y ahora, qué voy a hacer? ¿Dónde conseguiré una silla para moverme? ¿Cómo saldré de aquí?

—No te preocupes Jenny que yo te llevaré, para eso tengo mis alas que son muy fuertes.

—Pero... y ¿Orejón? ¿Qué va a pasar con él? —dijo Jenny muy preocupada.

—Bah ¡Tu perro no me sirve de nada, llévatelo! —dijo la bruja rechinando los dientes; y al hada en medios de carcajadas, le dijo— ¡Brisa, recuerda que no tienes poderes! ¿De qué te sirve ser un hada sin poderes mágicos? —y se alejó mientras gritaba—: ¡Recuerda que el tercer hechizo… nadie te lo quitará!

Brisa, Orejón y Jenny, quedaron solos; entonces la niña tomó al perrito entre sus brazos, y Brisa alzó a Jenny y se la llevó cargada sin ningún esfuerzo. Llegaron a su habitación mientras Orejón no paraba de mover su cola y de dar muestras de cariño a Jenny… relamiendo su cara.

—¡Ya, Orejón, me tienes toda babeada!

Brisa, depositó a Jenny en su cama y llevó a Orejón al patio. Esperó a que Jenny se durmiera y volvió al bosque; ya había tomado una decisión.
Llamó a Isidora. Al instante, ella llegó, y Brisa le preguntó:

—¿Qué quieres a cambio de un favor que te voy a pedir?

—Dime cuál es el favor, y te diré qué quiero a cambio.

—Yo deseo que, aunque sea por una vez en tu vida, utilices tus poderes para hacer un bien, porque yo sé que tus poderes son muy fuertes, pero no los sabes utilizar adecuadamente.

—¿Y ahora qué quieres? Dime, que yo le pondré precio —dijo Isidora.

—Quiero que le devuelvas a Jenny la gracia de caminar.

—¿Sólo eso? ¡Ja, ja, ji! Tú sabes que eso te va a costar.

—Dime, ¿qué quieres a cambio? —preguntó Brisa con temor.

—Quiero tus alas a cambio del favor, así ya no usaré más esta escoba destartalada, y no se notara tanto mi pierna coja.

—Escucha —dijo Brisa— Yo, por esa niña, hago lo que sea.

—Entonces mañana traerás a la niña aquí. Y yo usaré mi poder para sanar sus piernas. Pero recuerda que tú me darás tus alas; después de todo, ya no tienes poderes.

A la mañana siguiente, cuando Luisa fue a buscar a Jenny a su habitación, miró a su alrededor y al no ver la silla le preguntó a Jenny:

—¿Dónde está Brisa?
Entonces la niña le contó a su mamá lo que había pasado la noche anterior.

—Me da mucha tristeza por ti, mi niña, pero al mismo tiempo, me alegro por Brisa, porque ya no es una silla. No te preocupes, que Dios nos ayudará como siempre lo hace.
Era admirable la fe inquebrantable que tenía la mamá de Jenny.

Así transcurrió el día. Luisa llevó a Jenny al patio para que jugara con Orejón, cuando, de repente, su vecino la llamó y le dijo algo que Jenny no pudo escuchar. Luisa se acercó a Jenny y le dijo:

—¿Sabes qué? ¡Sorpresa! El vecino me acaba de decir que ellos se van del país y quieren regalarte a Orejón porque no se lo pueden llevar. ¡Así que ahora el perrito es tuyo! ¿Qué te parece?
Jenny no daba crédito a lo que escuchaba; fue tanta su emoción que lloró de alegría. Orejón actuaba como si entendiera, pues daba saltos relamiéndole la cara.

Así transcurrió el día. Ya en la noche, cuando Jenny estaba dormida, Brisa la despertó y le dijo que necesitaba que la acompañara al bosque.

—¿Para qué? —preguntó la niña, pero ella no le dijo.

—Es una sorpresa para ti, mi niña, y las sorpresas no se dicen.

Así Brisa la tomó en brazos y viajó con ella en dirección al bosque. Las dos llegaron al claro del bosque donde ya las esperaba Isidora. Inmediatamente la bruja le dijo a

Jenny que cerrara sus ojos y pensara en algo bonito, pero que lo hiciera en voz alta. La niña los cerró y dijo:

—En lo más bonito que puedo pensar es en mis padres, en mi perro Orejón y en alguien que se ha convertido en un ser muy importante para mí, en Brisa, ¡porque la amo, la quiero mucho y será mi amiga para siempre!

Otra vez Brisa fue envuelta en una luz intensa que danzaba alrededor de ella. Desapareció por un segundo y cuando apareció ya tenía la varita mágica en su mano. Y Jenny ya estaba parada en sus piernas. Estaba asombrada, pues no podía creer lo que estaba pasando. Era el milagro del que tantas veces su mamá le hablaba; el milagro que ella tanto deseaba.

Abrazó a Brisa y caminó hacia Isidora dándole las gracias, al mismo tiempo que depositaba un tierno beso en la frente de la bruja. Isidora no podía creer que alguien le diera un beso a ella, a la bruja mala del bosque.
En ese instante, Brisa se le acercó y le dijo:
—Tengo que cumplir con el trato, toma mis alas.

La bruja se quedó mirando a Jenny y a Brisa por unos instantes, y le dijo:

—No, ahora me convencí de que el amor, la amistad y el agradecimiento, sí existen. Quédate con tus alas; ya esta niña me pagó con ese sencillo gesto de agradecimiento.

Y no había terminado de decir estas palabras, cuando un rayo de luz bajó desde el cielo envolviéndola, y al mismo tiempo, se iban transformando sus facciones; ahora las tenía muy suaves, sus ropas estaban blancas y de su espalda sobresalían dos enormes alas. Se emocionó tanto que prometió seguir haciendo siempre el bien a quien lo necesitara.

Brisa tomó a Jenny en sus brazos y la llevó a su casa; la depositó en su cama y se despidió de ella dándole un tierno beso en la frente. La niña estaba tan cansada que se durmió de inmediato.

A la mañana siguiente Jenny abrió sus ojos y, con alegría, vio que sus piernas se movían. Saltó de su cama y, al llegar a la sala, fue grande su sorpresa al ver que su padre ya había regresado. Cuando ellos vieron a Jenny caminando, los dos se arrodillaron dándole gracias a Dios por el milagro. Y abrazaron a su hija, llenos de emoción, mientras Orejón daba saltos de alegría ladrando escandalosamente, como invitándola a jugar.

Con el tiempo, Jenny se restableció completamente; estaba muy feliz; tenía sus piernitas sanas y además, ahora tenía a Orejón, y todas las tardes lo sacaba a pasear montado en la carretita que por tanto tiempo uso su mamá para llevarla al colegio.

Por su parte, Brisa y la bruja del bosque unieron sus poderes y ahora son amigas inseparables que se dedican a ayudar a todo aquel que tiene fe, que cree en los milagros y que en su corazón siente: el amor, la amistad y el agradecimiento.

Fin

Biografía de la autora:

Irma Rivera nació en Ponce, Puerto Rico. Ya desde niña demostró su aptitud para la literatura cuando escribía historietas que estaban destinadas a entretener a los niños de su barrio. Cursó sus estudios en Puerto Rico, y luego viajó a Estados Unidos, donde trabajó en distintas empresas.

Al casarse y dedicarse a su familia el tiempo completo, no abandonó sus inquietudes y siguió escribiendo cuentos, esta vez, para sus hijos.

Irma Rivera quiere compartir sus historias con todos los niños del mundo y, también, con los adultos que se animen a sentirse niños otra vez.

Actualmente reside en Miami.